Pseudonymphen

Über dieses Buch

Kann uns eine pseudonyme Welt verführen?

Dieser Überlegung widmet sich dieses kleine Büchlein
mit kurzen Geschichten und Fragmenten. Eine pompöse
Twitter-Hymne erzählt von einer Zeit kultureller Blüte,
während uns ein Höhlengleichnis vor der Freiheit pseu-
donymer Schatten warnt. Ein Mädchen träumt von ihrer
Unschuld in digitalen Zeiten, ein Nerd von ihren Selfies.

Felipe oGnzo

Pseudonymphen

Einhörner und Zuckerwatte

© Felipe oGnzo

o Edit o | eins | 1. Auflage

Die Deutsche Nationalbibliothek verzeichnet diese
Publikation in der Deutschen Nationalbibliografie.

http://dnb.dnb.de

ISBN: 978-3-7519-3381-0

Herstellung und Verlag: BoD - Books on Demand,
Norderstedt

o Edit o

Liebe Leserin / Lieber Leser / Liebes Les,

wer sind wir in einer pseudonymen Welt, wenn sie uns die Wahl lässt? Wir bleiben, wer wir bereits sind. Viel zu beschäftigt für die eigene Phantasie, zu selbstbezogen für eine fremde Idee. Dabei könnten wir all die neuen pseudonymen Räume als Nymphen bevölkern und als diese „Pseudonymphen" das Neue als eine Möglichkeit lieben. Als freie Geister wären wir unserer Natur weiter auf der Spur. Wir könnten offenlassen, was uns reizt.

Doch die alte Welt folgt uns und will uns nicht lassen. Sie drängt in unsere Nischen, in unsere abgelegenen Tümpel und Blockhütten am Rande des schnöden Daseins. Wir fliehen weiter vor ihrem misanthropen Ernst und geben uns neue Namen, um diesem Fatalismus zu trotzen, der unsere Freiheit für seine eigene hält.

Die folgenden Texte deuten diese Flucht und ihre Möglichkeiten nur an. Nicht jeder wird sie verstehen. Dieser Umstand bleibt eine ihrer Ursachen.

Felipe oGnzo

„Legen wir unsere Namen ab und wählen wir in Zukunft selbst, wer wir sind."

Zizi Zola

1- Ein pseudonymes Höhlengleichnis

- Angenommen, es gäbe einen Ort, der uns ein Handeln ohne Konsequenzen böte...

- Wie könnte ein solcher Ort existieren? Wachen nicht die Götter über uns, ist es nicht das Schicksal, dem wir unterliegen?

- Warte noch mit deinen Zweifeln und folge zunächst meinem Gedankenspiel, mein Freund. Angenommen, es gäbe einen Ort, an dem wir sein dürften, ohne dass die Götter uns sehen könnten, ohne dass unsere Nachbarn und Verwandten stetig ihr Urteil fällen über unser Tun. An dem wir uns geben könnten, wie es unser Wunsch ist, frei von Zwängen und den Regeln der Priester...

- Wo könnte dieser Ort sein. Einsam und hoch oben in den Bergen, oder in einer tiefen Höhle versteckt und ohne Tageslicht?

- Es könnte ein Raum sein, an dem wir heimlich Zeichen niederlegen, ohne unseren Namen zu hinterlassen, ein Ort, zu dem jeder einen eigenen Eingang besitzt, den niemand anderes benutzen kann und zu dem man stets ungesehen Zugang findet. Man könnte in diesem Raum über Schriften und Tafeln kommunizieren, die man dort auslegt, und man wäre entgegen deiner Vermutung nicht allein, aber doch für sich.

– Was interessiert dich an diesem wundersamen Ort, den es nicht gibt?

– Die Freiheit.

– Willst du behaupten, wir, die wir hier versammelt sind, wären nicht frei, Abhängige oder Sklaven gar?

– Nein, sicher nicht, mein Freund. Und doch sprichst du zu deiner Frau wohl anders als mit mir, mit deinen Kumpanen oder mit den Dienern der Tempel.

– Wohl wahr.

– Was also wärest du, wenn du die Freiheit hättest? Der Mann, der du für deine Frau bist, der Mann, der du für deine Kumpanen bist oder der ehrfürchtige Besucher eines Tempels?

– Wenn ich all dies sein könnte, so wäre ich dies auch dort. Ich bin ein freier Mann.

– Angenommen, dir ständen zahlreiche Zugänge zur Verfügung zu diesem besonderen Ort und keiner der Eingänge wäre ersichtlich mit dem anderen verbunden, jeder böte dir ein geheimnisvolles Pseudonym, einen Namen, den du dir selbst geben dürftest: Würdest du dich nicht ausprobieren und deinen Geist erforschen, dein Denken trainieren und auch deine Mitmenschen testen, weil es dir möglich ist. Wäre es dort tatsächlich dein Ziel, der zu sein, der du bereits warst, oder würde dich die Freiheit verführen, über dich hinaus zu finden? Erinnere dich: Keiner könnte dich sehen und dich doch hören wie dein Echo im Tal. Du könntest dich zu allen Belangen äußern, ohne mit Strafe zu rechnen oder verstoßen zu werden.

– Du testest mich. Nein, all dies klingt für mich nach einem gottlosen Ort, nach einem entrückten Delirium, dem wohl nur Wahrsager und Orakel sich hingeben sollten.

In dieser Dunkelheit ohne Grenzen, die du ‚Freiheit‘ nennst, würde ich wohl versuchen, weiter ich selbst zu bleiben, um mich darin nicht zu verlieren. Ich würde an die Liebe zu meiner Frau, an meine Kinder, an meine Ehrfurcht vor dem Plan der Götter und meine engsten Freunde denken, an alles, was mir im Diesseits wichtig ist. Ich würde alle Nebeneingänge zum Einsturz bringen, um mich nicht zu verirren, und über den verbliebenen Eingang schließlich meinen richtigen Namen schreiben, damit mich niemand einen Feigling nennt und die Götter mich als ihren Diener ernst nehmen und besuchen.

– Du würdest die Freiheit also nicht nutzen, sondern zu dir zurück suchen, wie aus einem Labyrinth? Du würdest dein Denken dort nicht testen, sondern die Logik belassen, wie sie ist?

Diejenigen, die an diesem Ort eine Freiheit genießen, die sie andernorts aufrichtig zu Sklaven macht, würdest du Feiglinge nennen, gottlos gar?

– Dies wäre ich der Welt, die ich liebe, schuldig. Ich will sie respektieren, wie sie ist. Die Falschheit, die sich ihrer bemächtigen will, werde ich treu vor jedem Gericht benennen.

– Ich kann dir dieses Denken nicht verübeln, mein Freund. Auch ich sehe schlechte Menschen auf dieser Welt, die im Schatten ihre Intrigen spinnen. Diese könnten ihr verdorbenes Inneres an jenem Ort offenbaren und auch die Herzen anderer vergiften.

Doch bedenke: Wenn sie an jenem freien Ort siegen, wäre dann nicht auch die Idee in Gefahr, dass die Freiheit an sich und ein freier Mensch etwas Gutes ist?

Nicht alle Schlachten werden mit dem Schwert geführt, mein Freund. Nicht jedes Urteil fällen die Götter. Unsere Zukunft entscheidet sich an allen Orten, selbst an den verborgenen, vergessenen und nicht nur hoch oben im Olymp. Sollten wir die Freiheit, die dir in dieser Form solche Sorgen bereitet und dich als mutigen Mann sogar zum Rückzug bewegen würde, nicht lieber kennenlernen? Sollten wir uns ihr nicht stellen, um gewappnet zu sein, um auch in diesem Verlies einer pseudonymen Hydra als aufrechte Menschen letztlich den Sieg davon zu tragen? Wenn du die Freiheit hättest, ein unbekannter Held zu sein, würdest du lieber flüchten oder möchtest du durch deine Taten doch zum Liebling der Götter werden?

Darum geht es mir in diesem Gedankenspiel. Um den Mut, sein eigener Gedanke zu sein, wenn man verlassen ist, um die Übung, mehr als eins zu sein, ohne sich dabei zu verirren. Mit dem Ziel, irgendwann allein eine Phalanx mit zahlreichen Lanzen zu stellen, wenn man diesen vielgesichtigen Abgründen entgegentritt und die

Götter ihre Aufmerksamkeit gerade auf einen anderen ihrer Lieblinge richten.

Eines kann ich euch auch ohne Orakel prophezeien: Die Abgründe und ihre Dämonen werden irgend-wann die Freiheit für sich reklamieren. Bis dahin solltet ihr eure eigenen rhetorischen Fähigkeiten geschärft sowie eine gute Philosophie gefunden haben.

Darum seid ihr hier bei mir. Und nun gebt euch zwei drei Namen, für jeden Teil eures Selbst einen eigenen. Bereits morgen beginnen wir mit den Übungen und Deklamationen...

2- Zuckerwatte

Sie ließ nun ihre Gedanken kreisen.

Er solle hauptsächlich von schönen Dingen schreiben, aber gerne auch praktisch veranlagt sein. Sie wünsche sich Restaurant-Empfehlungen, am Wochenende auch mal den einen oder anderen Party-Tipp. Am liebsten lese sie natürlich Tweets from-behind-the-scene aus Berlin, VIP-News, HighScyInsights, gerne mit Schnappschüssen von glamourösen Partys, Selfies mit Prominenten und so. Man müsse für sie aber nicht immer #chic oder #classy posen, sondern dürfe zwischendurch auch mal #casual gekleidet sein. Etwas #StreetCredibility könne ja nie schaden, lachte sie.

Ich verstand etwas anderes unter dem Begriff „Street Credibility", doch ihr Vortrag brach nicht ab. Sie gab mir keine Gelegenheit, korrigierend einzuhaken. All diese Wünsche sprudelten einfach aus ihr heraus und sie genoss es sichtlich, dass jemand nach Ihren Vorstellungen fragte, denn auch diese Aufmerksamkeit war einer ihrer Wünsche. Und so erörterte sie weiter, wer ihr auf Twitter wohl gefallen könnte. Würde er ihre Begeisterung für #streetart teilen, so sei dies definitiv ein Plus. Sie liiiiebe Künstler wie Banksy die diese Welt ein wenig schöner machten. Vielleicht entdecke er ja wie sie neue Motive in all den vernachlässigten Ecken seiner Stadt. Vielleicht erfinde er mit seinem Blick die Welt da drau-ßen neu. Das wäre doh schön und inspirierend. Auch ein paar #Urbanstyles und Trendsportarten vor urbanen Traumkulissen würden ihr selbstverständlich gefallen, gerne auch mal das eine oder andere malerische Land-schaftsfoto, Kyten an der Ostsee oder so.

Dabei müsse er weiterhin ein Geheimtipp, sein Name aber weithin bekannt sein. Schließlich wolle sie sich über ihn und sein Leben mit anderen austauschen. Sie wolle auf jeden Fall vermeiden, gleich zu Beginn in eines der vielen Fettnäpfchen zu treten. Indem Sie einem der Außenseiter anschließe. Um sich dann für immer mit den Freaks eine Nische zu teilen? Nein, #neverever. Das Leben sei zu kurz für den Underground, stellte sie ein bisschen zu großspurig für ihr Alter fest. Als habe sie diesen Spruch schon häufiger von Freun-dinnen gehört und sei sich deshalb der Zustimmung ihrer Zuhörer und Zuhörerinnen gewiss.

Doch diese Gewissheit blieb an diesem Stehtisch un-begründet. Auch sie bemerkte nun die irritierten Blicke. Ihre Augen waren mit ihrem Traumtwitterer in die Ferne gewandert und sie hatte etwas den Kontakt zu ihren zwei Zuhörern verloren. Doch unsere Irritation schien sie nur noch weiter anzuspornen, hier noch ihren Punkt zu machen. Die gemeinsame Freundin am Tisch gab ihr dafür das nötige Zutrauen, sich weiter öffnen zu dürfen. Sie sammelte sich und kam dann erst richtig in Fahrt.

Witzig solle er sein und dabei auch gerne mal derbe, aber bitte nicht zynisch oder irgendwie ordinär: Das brauche sie nicht. Das Leben sei zu kurz für schlechten Wein. Vielleicht sei er ja etwas narzisstisch misanthrop, so ein bisschen snobby halt aber jung und geheimnisvoll und sexuell aktiv natürlich. Vielleicht habe er ja etwas an sich, das einen à la Tinder immer mal wieder hoffen lasse, ihn irgendwo in der richtigen Stimmung anzutreffen. Lächelte sie und blickte dabei vielsagend zu ihrer Freundin, die wissend zurück lächelte. Er solle auf jeden Fall gut mit Wörtern können und wenn möglich einen Kreativjob haben,. Sie hasse Rechtschreibfehler und abgedroschene Floskeln. Es dürfe gerne jemand mit Gründer-Allüren sein, der in der Startup-Szene bereits ein bisschen bekannt sei. Auf jeden Fall jemand, der sehr viel herum komme in Europa, um dann irgendwann mit internationalen Freunden sein eigenes, cooles Ding auf die Beine zu stellen. Über diese und andere Ambitionen dürfe er selbstverständlich gerne berichten. Auch ein junger Neureicher im schnelllebigen Agentur-Business mit guten Kontakten in die Wirtschaft und oder die Kulturszene würde ihr gefallen. Ein Mensch, mit dem sie gemeinsam über den täglichen Deadline-Stress und die Lästigkeit des Arbeitslebens klagen könne, #worksucks und so. Dabei müsse er mit Understatement glänzen, während er zur gleichen Zeit im #reallife brutal Karriere mache und da draußen mega relevant sei. Vielleicht habe er ja einen Mode- oder Schuhtick, über den man mit ihm lachen könne. Einen Makel, einen Schönheitsfleck brauche schließlich jeder, gab sie sich nachsichtig.

Vielleicht war auch dies nur ein weiterer altkluger Spruch, den sie unbedacht in ihren Wortschatz übernommen hatte. Zumindest hatte ich bisher nicht den Eindruck gewonnen, dass ihre Vorstellung einen Makel zuließ. Lag hinter all diesen totalen Ansprüchen, diesem Wunsch nach einem perfekten Match doch eine Sehnsucht nach Tiefe verborgen? War dieses Mädchen vor ihm vielleicht einsam und deshalb gedrungen in ihre Fantasien verstrickt? Hatte ihre beste Freundin oder ein Elternteil sie so tief enttäuscht, dass sie diese Erfahrung eines menschlichen Mangels nun in diesem Wunsch nach Makellosigkeit überkompensierte?

Ich wurde aus ihr noch nicht schlau. Sie sprach nun etwas langsamer, als würde sie mit ihren Zuhörern eine dieser tiefgründigen Erkenntnisse teilen, die sie zu ihrer persönlichen Lebensphilosophie erkoren hatte.

Er müsse in seinen Tweets das alltägliche Leben unverwechselbar auf den Punkt bringen, kam sie vermeintlich zum Punkt. Sie möge keine Experimente #noscrubs. Davon habe sie genug und sie sei schließlich kein kleines Mädchen mehr. Seine Sprüche dürften auch niemals albern wirken. Gerne brutal erhellend und schonungslos intellektuell vielleicht. Aber dabei im Kern immer mit einer einfachen Allerweltssicht, die niemanden überfordere. Sie möge es nicht kompliziert. Klare Sätze halt, die man unbesorgt unter einem Foto auf Insta teilen könne. Gerne zu Themen, die sie ebenfalls sehr beschäftigen würden. Selbstverwirklichung zum Beispiel, Feminismus oder die aktuelle Staffel ihrer Lieblingsserie. Sie erwarte hierzu unnahbare aber reife, selbstironische Äußerungen und das ganze ohne peinlichen Ausrutscher bitte. Jeder Tweet möge wohl bedacht, souverän und alles möge bitte ohne Ausnahme sein. Das sei ihr sehr wichtig. Auch ein erkennbarer Stil sei für sie einfach ein Muss, etwas in jeder Äußerung, das ihn zum Original, das ihn unkopierbar mache, #signaturestyle eben.

Und gleichzeitig müsse man in allem seine Verletzlichkeit, seine Menschlichkeit, seine Nachdenklichkeit erahnen können. Er dürfe tiefe Emotionen äußern, #sadbuttrue, unerfüllte Liebe und Ängste in verzweifelten Ausbrüchen verarbeiten, ungefiltert, herzzerreißend leiden, sodass man ihm nah sein könne, vielleicht ein Haustier haben, um das er sich rührend kümmere, ein Penthouse von dem sein Frühstückskaffee #solonely den besten Ausblick über die Stadt genieße, Sinn für gute Küche natürlich, ständig aufregende Urlaubsziele und weltweit Freunde, die er besuche. Überhaupt solle er überall vernetzt sein und überall zuhause. Ja das treffe es ganz gut: Er solle einfach überall zuhause sein. Schließlich säße er schon bald mit ihr auf ihrem Sofa, lachte sie, der erste Twitterer, dem sie in ihrem neuen Account tatsächlich folgen würde. Ob ich da jemanden für sie wüsste. Sie wäre auf jeden Fall noch neu und brauche für den Einstieg noch ein zwei Tipps, um nichts falsch zu machen.

Für dich habe ich heute leider kein Foto, dachte ich.

Ich entschied mich für ein kurzes, entkrampfendes Auflachen, das wohl eher wie ein kehliges Kichern klang. Ich hoffte, auch sie würde den eigenen Redeschwall mit etwas Selbstironie belächeln. Ich war nun seit über zehn Jahren auf Twitter. Sie wirkte auf mich wie eine Parodie auf diese neue Welle an Nutzern, die eher auf anderen Plattformen zuhause waren. Warum sie zunächst nach einem Typen und nicht generell nach interessanten Menschen suchte, blieb ihr Geheimnis und für mich nicht nachvollziehbar. Ich blickte zur gemeinsamen Freundin, die ebenfalls ein wenig peinlich berührt, aber zugleich amüsiert auf die durch sie initiierte Zusammenführung zweier sehr unterschiedlicher Menschen blickte. Sie hatte mich als großen Twitterer vorgestellt. Ich hatte den Fehler gemacht, diese junge Frau nach ihren Erfahrungen - keine - und Wünschen - viele - zu fragen. Die Hoffnung auf etwas belanglosen Small-Talk erfüllte sich nicht und nun standen wir hier und sie wartete weiterhin auf eine, auf meine Antwort.

Auch unsere behaglichen Träume sind wohl eine Art Klischee, das wir pflegen, überlegte ich. Eine interessante Variante des Vorurteils. Die Erwartungen prägen unsere Wahrnehmung und lassen uns hinter all den Idealtypen irgendwann nichts mehr entdecken. Sie harren stetig enttäuscht ihrer Erfüllung dort draußen. Auch sie wünschte sich von mir nun ein solches Klischee, einen blöden Traum.

Verlangte man von mir, dass ich dieses Muster umgehend verurteilte, hätte ich laut „Sexismus!" rufen müssen, während vor mir nur ein Teenager schwärmte? Oder durfte ich über all die Klischees in diesem Mädchentraum offen lachen? Entwickelt die Naivität nicht hin und wieder einen eigenen, entkrampfenden Charme? Ist sie nicht auch Teil dessen, was wir später manchmal ‚Liebe' nennen?

Mich verstörte diese Idee von Jungfräulichkeit, die sie in diesem pseudonymen Raum weiter aufrecht erhalten wollte. Als müsse man möglichst unberührt bleiben, um würdevoll zu agieren, um sich selbst noch ernst nehmen zu können. Als sei jeder unbedachte Kontakt ein ewiger Makel, selbst wenn man ihn jederzeit beenden konnte und man dabei ohne Namen blieb. Dieser Habitus einer vorauseilenden Scham blieb mir völlig unverständlich. Obwohl man keine Konsequenzen zu befürchten hatte, war die Sorge davor offenbar tief in ihr verwurzelt. Als ginge es hier um eine Art soziale Verhütung.

Ich war vielleicht auf meine Weise naiv. Ich ging weiter davon aus, dass man unnötige Haltungen in diesen neuen Räumen der Pseudonymität automatisch überwand. Dass der befruchtende Empfang von fremden Gedanken diesmal unbefleckt von alten Göttern sei. Doch aus den Worten meiner neuen Bekannten sprachen sie nun wieder, die stereotypen Götter. Sie würde sich ihnen erneut hingeben, um für andere und sich selbst makellos zu sein. Die virtuelle Freiheit konnte beides: Sie verändern oder die Idee dieser Unschuld fortführen. Sie wünschte sich offenbar die Erfahrung eines Traums, ein Leben in Zuckerwatte.

Ich gab ihr schließlich ein paar Namen, denen sie sorglos folgen könne und die ihren Ansprüchen zumindest teilweise genügten. Unter einem Vorwand verließ ich unseren Stehtisch und überließ sie ihrem virtuellen ersten Mal.

Meinen eigenen Twitter-Namen hatte ich ihr nicht gegeben. Ich war nicht perfekt und wollte es auch für sie nicht sein. Denn das war es, was ich bei mir und anderen genoss. Die virtuelle Freiheit bot mir mehr als die Jagd des realen Lebens, mehr als die Pflege einer devinen Unschuld, mehr als die Erfüllung eines Klischees.

3- Camouflage

Cappy, Hoodie, Hipsterbrille und nicht zu viel sagen, nur rumstehen und sich politisch fühlen wegen Kiez und so, wegen Konsum oder Sehbehinderung.

Tattoo, Bärtchen, Sneakerfülle und immer noch was wichtiges vorhaben, irgendwas mit Freunden, Bankberater oder Sport. Sich sozial fühlen wegen Trinkgeld und so, wegen der Demofotos damals und weil man wen kennt, den man kennt.

Smartwatch, Backsack, Handyhülle und nie da sein, immer unterwegs, beiläufig nichts Eigenes bleiben.
Höchstens mal mitlaufen, mitmotzen und Currywurst mit Karte zahlen.

Das Proletariat musste nie seine Privilegien checken.
Die Bohème würde sich nie entschuldigen.

Wer bist Du?

4- Nach richten

Erregt um die Schilder in ihrer Mitte tanzen sie uns den Regen, glotzende Weltendeuter.

Die Hinweise möchten, dass wir uns nach ihnen richten, wünschen sich unsere Leidenschaft, Verzweiflung und Wut, gerne auch unseren Hass als götzende Weltenhäuter.

Gerührt pellen wir die Zwiebeln einer berichteten Wirklichkeit, weinen, flennen, schluchzen dabei. Wir reiben uns durch die Neuigkeiten geheutet die tränenden Augen, holen unser Innerstes hervor. Merken wir irgendwann, dass jeder dieser Hinweise nur uns galt, wir uns in ihnen zerrspiegeln, dass alles nirgendwo hin führt, außer zu uns selbst zurück?

– Wieder ein Hinweis.

Ohne neue Suche, voller Bestätigung,
Wiederholung, aufregender Betätigung.

Wieder ein Hinweis. –

Nein.

5- Sporen statt Spuren

Mal so von allem frei machen. Nicht in die Abwägungsfalle laufen, nicht darüber nachdenken, ob es Konsequenzen gibt. Die Augen öffnen und nackt durchs Leben gehen. Suchen können, ohne etwas finden zu müssen. Menschen entdecken, die nicht alles wissen, die es noch nach etwas Poesie in dieser Welt dürstet. Sich wieder überraschen lassen. Die Zurückhaltung in den Gesprächen meiden. In Ruhe jeden kleinen Funken lieben, das Menschliche überall stützen. Geschenke erdenken, loslassen, Freunde auf eine lange Reise schicken. Leise den Ausnahmen lauschen, den Rändern Worte geben. Den Zweifelnden das Schicksal nehmen, die Raubtiere streicheln. Neue Lebensformen finden und ihnen einfach keine Namen geben.

Neue Höhlen erforschen. Versteckte Asyle errichten. In den Städten wüten und Blumen pflanzen. Sich als Bauer opfern, damit sie nicht den Mut verlieren. Mit der Undankbarkeit dieser Welt leben und gelassen sterben können. Größer sein und doch unscheinbar die Orte durchstreifen. Wirken dürfen, ohne Herkunft und Kontext. Diffundieren und verschwinden. Mal so von allem frei machen.

Und Sporen statt Spuren hinterlassen.

6- Ein Tweet am Ende des Stroms

Ich sah den Strom hinunter, über die Schlucht der Essensbilder hinaus in den Sonnenuntergang aus tausend Perspektiven. So manch Niederung lag in das träge Licht trübsinniger Nebelschwaden gehüllt und bot den Emos ein wohliges Gefühl von Einsamkeit.

Die Luft dieses frühen Feierabends lud sich unwiderstehlich auf und benetzte die Nüstern der letzten Einhörner, ließ die Warmblüter schnaubend an die Trinkstellen am Fluss ziehen. Ihre Hufrhythmen füllten das Tal, schwappten über den Rand der Hochkulturebenen, auf denen das Echo wie so oft verebbte. In uns Spähern hingegen klang nun Schritt für Trab für Schritt etwas Animalisches an. Wir alle gehörten auf unsere Weise zu den Gehörnten. Die Sehnsucht betrieb ihre eigene klappernde Mühle an diesem berauschenden Fluss. Unsere Regungen genossen sich kämpferisch, denn heute würden wir wieder der bierernsten Apathie entgegen treten, wider den Analogkäse, mit dem die Kleingeister unsere Regenbögen überbuken, majestätische Wolkenbilder aus der Luft griffen, um sie in Verschwörungstheorien, in der Höhle ihres düsteren Fatalismus zu ersticken. Der immer raschere Takt der Timeline tat uns gut, gab uns Mut und Mitstreiter, im Zweifel auch genügend Schwindigkeit. Das Schicksal würde uns heute nicht einholen, denn es war Freitag, der Montag unter den Wochenend-tagen. Erste legale und illegale Drogen wogten wie Chemtrails durch die allseits geäußerten Feierabsichten. Niemand wollte in seinem flüchtigen Dasein heute nüchtern bleiben. Dafür war der Tweet dieser Tage zu billig. Man zelebrierte die Inflation öffentlicher Gedanken, die niemanden kostete, nur zum steten Kosten lud.

Die Gerüchte tropften durch die Retweets, wurden übermütig zu Wasserfällen, Biegungen und Wendungen hielten sich auf den Zungen der naschenden Hirne:

Ein riesiger Topf Streichschokolade warte am Ende jeder Timeline, man müsse den Strom nur weit genug hinauffahren, dürfe niemals anhalten.

Jeder Seitenarm, jeder noch so kleine Naschnymphen-tümpel fand sich in dieser Vorstellung wieder, fühlte sich als langer Weg und süßes Ziel dieses gemeinsamen Abenteuers tief verstanden. Erste selbstironische Reise-gruppen fanden sich bei den Rauten ein, beschrieben nun sisyphos den Weg zur Nuss-Nougat-Quelle am Ende der Tweets.

Die wallende Mockerie weckte weiteren Überschwang und heiteren Tatendrang im Überschwemmungsgebiet, vervielfältigte den abwegigen Diskurs bis in die letzte misanthrope Äußerung. Kleinster Nieselstaub wurde weit hergeholt und ergab in unserem Licht neue Regen-bögen, ein pointillistisches Bild unseres Strebens nach einem Leben nach dem Strom. Wir malten uns Märchen-schlösser aus, die Schokotröpfelburgen glichen und die einem Ausstieg aus dieser verflossenen Welt endlich einen Grund gaben. Denn die Aussicht auf ein Reallife am Ende der Time-line belustigte uns nachhaltig. Man berichtete sich weiterhin nur staunend und zweifelnd von einer sinnvollen Welt da draußen, galt man doch als wirrer Narr, sollte man deren Existenz allzu offen behaupten.

Selbst die sonst so besonnene Nightline nahm nun die Gerüchte eines Endes des Wortstroms auf, versammelte sich abenteuerlustig, verspürte, versprühte die Lust, heute Nacht wieder nach dem Heiligen Gral der Sinnsprüche zu suchen, der für sie den Schlussstrich zog. Überall verdichtete sich dieser Wunsch, in den Worten unentdeckte Orte zu finden, die uns Unsterblichkeit, einen Fav oder kurzfristig Seelenheil versprachen.

Die soziale Hitze stieg weiter an, fieberte durch die Sümpfe. Maskitos und Mückende entlarvten sich in ihrer schweißtreibenden Nichtzugehörigkeit, summten Lieder ohne Melodie, in den Block- und Filterbubble-Hütten tropfte vor Aufregung bereits die Schminke von den Selfies. Und auch fernab dieser virtuellen Gräben und Kanäle inspirierten nun Abflüsse das Geschehen. Urbane Ausläufer führten in Räume gemeinsamer Tanzmusik, entzückten auf den Toiletten ihre Displays. Kiezhelden, Draufgänger und Rachentöter twitterten vom unstillbaren Durst in den Bars der Stadt. Sie gossen jedes Selbstportrait in schlagfertige Wortposen. Sie sahen uns so ähnlich und wurden doch nie wirklicher als eine belletristische Phantasie. Das Echte war hier auf Augenhöhe mit der Fiktion, hatte sich sogar unterzuordnen, sollten eine Idee die Realität übertrumpfen.

Der Favsex des Flussvolkes nahm seinen prasselnden Beat auf, befeuerte neue Berührungen, forderte die freie platonische Liebe. Intime DMs schufen eine Ahnung von Zweisamkeit, von trauten Kreisen, alten Freundschaften, vertrauten Müten und Gemütlichkeiten.

Die Lüste und Abneigungen all der spontan geteilten Momente pflegten schon lange keinen alltäglichen Ernst mehr, verschwammen, wollten diesen Ort, trotz all der offensichtlichen Widersprüche, als einen gemeinsamen.

Denn hier war jeder wichtig, der keinen Namen hatte, hier war jede groß, die nicht durch Cliquen gluckte, hier war jedes weise, das keine Zitate und Verweise mehr brauchte, außer einen weiteren Retweet. Das Sein erprobte sich ohne soziale Konsequenzen und ließ doch nur wenige allein zurück. Wir alle waren dieser Strom, wir alle hatten unser eigenes Floß im Fluss der Fremden.

Das stetig hachende Display flackerte, gab meinem Sofalager Feuer, während ich immer näher ans Ufer trat. Abends las ich in meiner kleinen Bucht die schönsten Schwemmreste dieses Rausches auf. Das eine oder andere Treibholz hatte die Form emotionaler Entsprechung, manches Triebholz war so wildschön und grob, dass ich es als Geste in den Fluss zurückwarf, anderes so fein gerundet und in seiner Maserung unverkennbar, dass ich es aufhob und für mich als Schatz behielt.

Nein, ich hatte diesen Abend nicht verschwendet, hier war ich richtig. Wir blieben in Bewegung, ganz ohne schnöder Trend zu sein und lebten uns endlich schön. Wir brauchten keine groß wuchtigen Monumente mehr, um Kultur zu sein. Hier entstrand eine neue Sehnsucht der Moderne, die zwischen Utopie und Nostalgie keine monströsen Institutionen mehr schuf, sondern das Menschsein zum Scharnier- und Angelpunkt erhob. Hier waren wir Fluss und mussten nicht sein.

Und was im Fluss passierte, blieb im Fluss.

7- Den Ernst genommen

...ich würde auch gerne in Musik versinken, über die Orte nachdenken, an denen ich diesmal mein Geld ausgebe, von der Welt Unterhaltung für meine reizende Erscheinung einfordern, mich sorglos meiner Lebensplanung widmen, in immer neuen Urlaubsbildern regelrecht ertrinken, mich in all den Gruppenselfies wiederfinden, zeitlose Freundeskreise aufbauen, um die Welt um mich herum zu vergessen und nur noch in mich und meine Bedürfnisse hineinhorchen zu müssen und dies in der luxuriösen Sicherheit eines kuscheligen, sozialen Nestes. Hach, wäre das schön, wenn das politisch wäre. Und in gewisser Hinsicht ist es das ja auch. Diese Welt nimmt uns die Unschuld, wir nehmen ihr den Ernst. So oft wir nur können, aber selten für sie...

8- Die Welt hinter dem Duckface

Es war allein die Gelegenheit, dem dieser Selbstschuss seine Existenz verdankte. Diese Überlegung ließ ihn nicht ruhen. Ihm flogen in letzter Zeit vermehrt solche Selfies in die Timeline. Sie waren ihm immer noch etwas fremd, doch sie wurden unausweichlich.

Er hatte seine Laptop-Kamera abgeklebt. Persönliche Daten gab er von sich nicht preis. Alle Ortungsdienste auf seinem Smartphone waren ausgeschaltet. Und nun lächelte ihn dieses Gesicht vom Display seines Handys entgegen, inszenierte sich an einem gut erkennbaren Ort in seiner Stadt, live und damit zu einer bekannten Uhrzeit. Der Nutzername ließ auf einen echten Namen schließen. Diese Selbstablichtung inszenierte sich als selbstverständliche Kulturtechnik und niemand widersprach. Und er fragte sich, ob dieses Bild tatsächlich nur einer Gelegenheit geschuldet war oder ob diese Kulturtechnik sich ihre Gelegenheiten und Motive inzwischen selber schuf, um diese Welt zu dominieren.

Nicht nur Fotos konnten etwas abbilden. Er prüfte die eigenen öffentlichen Äußerungen der letzten Tage. War jenes Wortspiel bereits ein Bild von ihm? Posierte er mit jenem Satz wie auf einem Selbstporträt? Ja. Vielleicht. Auch er inszenierte sich und seine kleinen Gedanken, ähnlich der perfekt geschminkten Haut auf diesen vermeintlichen Momentaufnahmen.

Er klickte wieder auf dieses Foto mit den weit aufgerissenen Lidern. Als suche dort ein Baby nach der Aufmerksamkeit seiner Mutter. Als habe ein Mensch die Sicherheit seiner Bindungen verloren und heische nun über ein Bildtelefon nach neuer Intimität und Zuneigung, nach etwas Nähe da draußen. Vielleicht traf dies ja auf beide Seiten des Bildtelefons zu. Auch der Blickende suchte vielleicht eine traute Verbindung, wenn er in diese großen Augen sah. Ihn irritierte diese komische Gesichtsfixierung jedoch.

Er blickte den Menschen, denen er auf der Straße begegnete, durchaus gerne in die Augen. Er war nicht scheu und dies war nicht der Grund für seine Aversion gegenüber digitalen Augen-Blicken. Eher diese Inszenierung schön geformter Pomade, die erstarrte Mimik und ein gestelltes Spiegellächeln, das ihn von etwas überzeugen wollte. Doch er wusste nicht von was.

Was will uns der Autor mit diesem Selfie sagen?

Versuchte hier jemand, die Ausnahme eines perfekten Make-Up-Moments, eine bestimmte Dress-Up-Situation für die Nach- und Synchron-Welt als normal festzuhalten? Wurde den Menschen heutzutage nahegelegt, stetig ihr Potenzial für Softpornos zu beweisen, oder war ein Selfie inzwischen schlicht ein Lebenszeichen, der Hinweis darauf, dass da draußen jemand ein ästhetisches Bewusstsein besaß und lieber ernst genommen werden sollte? Es wurde zumindest deutlich, dass die Person auf diesem Foto keine Blicke auf sich scheute in dieser durch und durch voyeuristischen Welt.

Lebensausschnitte bestätigen die Regel, dachte er.

Selbstverständlich gab es diese Proberäume einer reifenden Jugend, eine erste Suche nach Resonanz und Bestätigung da draußen, die man Teenagern nicht übel nehmen konnte. Doch bei manchen Menschen wurde er das Gefühl nicht los, dass die gesichtspornösen Gesten ab einem gewissen Punkt zu etwas Penetrantem wurden. Tatsächlich im Sinne einer Penetration. Als bedränge jemand mit seinen Körperabbildungen einen virtuellen Raum, Teil seiner Selbstversicherung und Selbstbefriedigung zu werden. Und diese Geste kam ohne Bitte aus, nahm sich ungefragt die Öffentlichkeit, dominierte sie mit expressiver Selbstherrlichkeit, verbannte jene, die nicht ebenfalls gebannt und ehrfürchtig auf die eigenen Gesichtsbilder blickten, definierte eigene Regeln in diesem Spiel, das nur die eigene Bewunderung und deren Spiegelung gelten ließ. Es gab viele sexuelle Neigungen, wieso nicht auch diese: Die Penetration einer Öffentlichkeit mit gestellten Gesichtsfotos.

Er wurde zumindest den Eindruck nicht los, als kompensiere der Bildschießende einen Mangel, eine mangelnde Befriedigung, den geringen Zugriff auf seine Umwelt und seine Mitmenschen, die er mit seinem Anblick zu dominieren und zu animieren suchte. So wie auch er gelegentlich mit Worten um sich schoss, um darauf Resonanz zu erhalten.

Gelegentlich überwand jemand schlicht seine Verlegenheit. Das konnte er unterscheiden. Für manche Menschen mochte dieses Zutrauen zum eigenen Bild tatsächlich eine emanzipative Handlung sein, die auf die Reaktionen der Blickenden nun endlich nichts mehr gab. Er mochte auch all die Verkleidungskünstler, die in immer neue Rollen und Inszenierungen den gewohnten Blicken erfrischend ein Schnippchen schlugen, deren Anblick tanzte und die sich von den Erwartungen anderer vollends befreiten. Es hieß, wer auf Profilbildern nur sein Gesicht zeige, sei vermutlich fett, wer auf seinen Fotos nur die Beine darbot, verstecke sein Gesicht aus guten Gründen. Er wusste, diese Welt konnte sehr böse sein und vielleicht brauchte man ja einen Umgang mit dieser allseits zu erwartenden Gehässigkeit. Das, was man nicht zeigte, war zumindest weiterhin anwesend, ob man dies wollte oder nicht. Eine pseudonyme Welt ließ solche zynischen Abgründe zu, die auch die reale Welt kannte. Twitter war leider kein geduldiger Spiegel, der im Badezimmer zunächst auf die Perfektion wartete, bevor man das Haus in Richtung Öffentlichkeit verließ. Vielleicht brauchte es ja diesen selbstbewussten Um-gang mit den Eigenheiten des eigenen Körpers in diesen stets urteilenden Öffentlichkeiten.

Ein Selfie zum Trotz.

Doch Bilder des Unfertigen gab es nur selten. Es bestand kein Zwang zu stetigen Körperabbildungen und diese Kultur wurde dennoch von vielen gelebt und weiter befeuert. All die Mitläufer entwickelten einen Sog, der all die Unfertigen nicht selten niedergeschlagen zurückließ. Man trotzte den Erwartungen eben nicht.

Mit einem perfekten Selfie ist man nicht eigen.

Und so blieb diese Geste der Eigenbildnisse für ihn plump und selbstherrlich, ohne Kritik an dem, was man als Normalität einfordern könnte. Im Gegenteil.

Er musste sich eingestehen, auch er konnte ordinär und selbstverliebt in seinen eigenen Texten sein. Und er war es dort sogar sehr gerne. Er reizte seine Leser und bezog daraus seine ganz eigene Unnahbarkeit. War dies eine ähnliche Neigung, samt vorauseilender Gleichgültigkeit gegenüber einer harschen Gegenrede oder dem Missfallen anderer? Er nahm den zynischen Blick auf sich vorweg, ließ die Lesenden mit seinen rhetorischen Gesten allein und umgehend hinter sich. Ihre Ansichten hinderten ihn nicht an der Veröffentlichung seiner Posen, diesen „Selfies aus Worten", diesen steten Hypothesen zu sich selbst und auch zu seinen Lesern.

Doch er wob Unsicherheit in seine Äußerungen und bot weiter offene Fragen an. Seine Subjektivität war nur selten eine glatte, abschließenden Geste und seine Sätze gingen über die hochgezogene Augenbraue auf einem Selbstbildnis in der Regel weit hinaus. Zumindest redete er sich ein, dass es weiterhin mehr Aufwand benötige, etwas Sinnvolles zu produzieren, als die Auswahl des Blickwinkels einer Handy-Kamera auf das Make-Ups des Tages.

In Selfies spürte er zumindest nur selten den Wunsch nach einem Austausch. Sie eigneten sich nicht zu einem Widerspruch. Es blieb nur wenig zu bereden, außer Lust, Neid und Bewunderung. Und war es überhaupt möglich, sich anhand von Bildern über die Nötigung einer mehr und mehr visuell dominierten Kultur auszutauschen?

Er nahm den Aufkleber von seiner Laptop-Kamera und studierte seine eigenen Fratzen, blickte sich in das künstlich verzerrte Gesicht. Konnte und wollte er sich auf diese Weise ernst nehmen?

Er musste es nicht und lachte über sich und die spontanen Selbstparodien auf seinem Bildschirm. Was wäre das für ein Leben, wenn er sich über diese Anblicke definieren müsste? Er hoffte in diesem Moment, dass die NSA oder eine andere Überwachungsorganistation seine skurrile Show genoss, dass ihn jemand in diesem besonderen Moment über seine Laptop-Kamera ausspähen würde und vor Fremdscham den Blick nicht mehr abwenden könnte. Morgen würde er ein wenig Schminke kaufen und Duckfaces üben, um sich mit den anderen Bildern ein wenig zu unterhalten.

9- **Nur ein Kompliment**

Man verlangte von ihm, dass er einen seiner Arbeitskollegen benannte. Oder eine Arbeitskollegin natürlich. Ein doofes Spiel der Personalabteilung. Wieso nur einen und nicht gleich alle loben, dachte sich Thomas, so wie es die Geschäftsleitung auf Weihnachtsfeiern tat?

Es war Sonntag und sonnig. Dass Thomas sich am Wochenende zurückzog und die Familie seiner Frau überließ, Jan und Jana bat, einfach mal Mama zu fragen, war keine Ausnahme. Wer sein Leben als Pflicht verstand, dachte nicht nur werktags an seine Arbeit. Ein Unternehmenswechsel war für ihn und seine Frau nie infrage gekommen. Er wurde gut bezahlt und das wusste auch seine Partnerin zu schätzen. Zumindest kam Thomas zu diesem Schluss, wenn er am Monatsende die Beträge prüfte, die Katharina mit ihren Shopping-Erlebnissen anhäufte. Dass sie in dieser abgelegenen Gegend ein Grundstück bebaut hatten, unterstrich ihre Übereinkunft, dass diese Anstellung das zentrale Argument ihres gemeinsamen Lebens bleiben würde. Und so durften seine Verpflichtungen auch an diesem Wochenendtag ihre Zeit in Anspruch nehmen. Dieses Pflichtbewusstsein führte schließlich zu dem einzigen Kompliment, das er verstand.

Thomas musste feststellen, dass er in seinem Leben nur selten über Komplimente nachgedacht hatte. Dies mochte an seinem Lebenswandel liegen, der nur wenig Grund zur Sorge gab. Er bot der Tochter seiner Schwiegermutter ein solides Leben. Hausbau, Kinder und seine finanzielle Sicherheit. Alle zwei Jahre mal eine schöne Fernreise für das Familienalbum. Dies war für ihn nichts Besonderes, das man ihm gegenüber positiv erwähnen müsste. Für ihn war ein Lob erst nötig, wenn ein anderes Verhalten zu befürchten war. Seine Kinder brachte er mit Zuspruch auf den richtigen Weg, Thomas erfüllte seine Pflichten auch ohne Anreiz und Schmeichelei. Entsprechend schwierig gestaltete sich die Suche nach einer guten Formulierung. Er schaute aus dem Fenster und sah die Kinder bei ihrem Spiel. Nichts an ihm widersprach einer Beförderung. Er durfte in seinem Unternehmen auf eine glatte Karriere hoffen. In der engeren Auswahl befanden sich einige Namen, auf die das ebenfalls zutraf. Er mochte Menschen, die sich selbst ernst nahmen, so wie er es tat. Soweit seine bisherigen Überlegungen für sein Kompliment. Doch dies konnte er so nicht schreiben. Für ihn wurde eine Person erst relevant, wenn sie sich humorlos selbst betrachtete. Für dieses nüchterne Dasein erhielt man seinen Respekt aber kein öffentliches Lob. Auf seiner Liste standen Kollegen mit Business Dress. Er hätte sich diesem absurden Spiel mit der peinlichen Lobhudelei so gerne entzogen. Dabei war er kurz davor, die externe Kommunikation der Firma zu übernehmen. Zunächst ohne neues Gehalt, aber dies würde man noch nachverhandeln. Mit dieser neuen Aufgabe ging auch die Verantwortung für die Social Media Kanäle in seine Hände über. Thomas würde sich in Zukunft wohl häufiger solchen Spielen stellen müssen.

Aktionen, die externe Social Media Agenturen für ihn entwarfen. Gewinnspiele mit der Frage: Wer ist der beste mittelständische Schraubenhersteller Europas, liebe Follower und solche die es werden möchten? Man ließ sich loben. Thomas arbeitete stets gründlich und hatte deshalb bereits vor Wochen Accounts auf allen relevanten Social Media Plattformen kreiert. Er versuchte Zustimmung in einer für ihn fremden Welt und nahm sich die Zeit, hierfür etwas eigene Praxis zu sammeln.

Es stellte sich als weise Entscheidung heraus, dass er seine Nutzernamen nur erdacht hatte und stets unter Pseudonym schrieb. Auch in seinen virtuellen Accounts dachte er an jene Menschen, die er im richtigen Leben respektierte, für die er täglich aufstand und arbeitete. Menschen, denen er ein Kompliment gemacht hätte, würde er Komplimente vergeben. Sie gaben ihm in diesem wirren Gewusel des Internets Orientierung. Doch sollten sie jemals bemerken, unter welchen Personen er sich dort tummelte, er könnte Ihnen kaum in die Augen schauen. Er war weiterhin schockiert von dieser zügellosen Welt, die an diesen Orten ungestraft ihr Unwesen trieb. Ihm wurde gelegentlich noch etwas übel bei der Vorstellung, all diese Menschen in Zukunft auf den offiziellen Kanälen seines Unternehmens ernst nehmen zu müssen, sollten sie seine Beiträge kommentieren. Arbeit musste nicht immer Spaß machen und Thomas löste Probleme wenn nötig auch ohne seinen Mageninhalt. Doch diese Unsicherheit ließ er nicht gerne auf sich sitzen. Er gab schließlich einem Kollegen aus dem Vertrieb sein Kompliment und schloss seinen Laptop. Auch der Arbeit in den Test-Accounts wollte er heute noch etwas Familienzeit opfern. Alles war in bester Ordnung und so wog das ungute Gefühl schwer, mit flauem Magen in seine neue Tätigkeit zu gehen.

Er studierte weiter alberne Postings, abwegigen Neigungen, skurrile Videos und für ihn unerträglich extreme Positionen, die ihm täglich auf sein Handy gespielt wurden. Auch in diesen Fällen galt es, trotz komplexer Sachlage eine eigene Haltung zu gewinnen und sich dabei in allen Kontexten weiterhin ernst zu nehmen. Für diese Fähigkeit wurde er von seinen Kollegen und Vorgesetzten geschätzt. Die kommenden Wochen intensivierte sich seine Suche nach diesem sicheren Standpunkt.

Immer häufiger blickte Thomas auf sein Smartphone und diese Nachrichten, die für ihn eine Herausforderung blieben. Er war nicht bereit, sich dies einzugestehen. Seine Frau würde es schließlich ein „komisches Verhängnis" nennen, dass er ausgerechnet durch diese Egomanie zu dem werden sollte, was er stets verabscheut hatte. All der Unsinn, der ihm auf diesen Plattformen begegnete, durfte nicht unbeantwortet bleiben. Er war davon überzeugt, dass er auch hier alles zurechtrücken konnte. Dieses Kompliment wollte er sich selber machen. Und so fing er an, in seinen Social Media Kanälen anzugreifen, zu korrigieren und vieles besser zu wissen. Er fand sich in seiner Art wunderbar unangreifbar. Die Ironie war aus seinen Worten nicht immer herauszulesen. Wenn man noch intuitiv zwischen richtig und falsch zu unterscheiden wusste, mochte der Sinn für Sarkasmus wie ein Allgemeingut wirken. Doch auf all diesen neuen Kanälen ohne bestimmtes Milieu schoss Thomas mit seinen Äußerungen immer häufiger über das Ziel hinaus. Alles, was er las, übertrieb er mit einer noch wilderen Annahme, beantwortete es mit einer noch krasseren Haltung, die er für eindeutig ironisch hielt. Er wiederholte gar täglich die Forderung, diese Welt dürfe nur noch Kunst sein. Alle Menschen sollten die Realität endlich hinter sich lassen, denn dies sei die einzige Lösung aller Probleme.

Thomas schlief gut nach solch markigen Worten, mit denen er der Welt seiner Auffassung nach den Spiegel vorhielt. Doch während er auf wütende Kommentare gefasst war, beobachtete er immer häufiger auch Zustimmung. Jeden Zweifel, den er zu sähen versuchte, begriff seine wachsende Anhängerschaft nur als weitere intellektuelle Herausforderung, seiner so erfrischend modernen Philosophie treu zu bleiben. Es machte ihn fast verrückt, dass er seine falschen Verfolger nicht mehr abschütteln konnte, egal wie er sie beleidigte. Zugleich genoss er auf eine zynische Art und Weise die ungewollte Bewunderung. Belegte sie nicht, wie begriffsstutzig und unbedarft jene Menschen waren, die dort im Internet ihre Heimat gefunden hatten? Achtung und Verachtung umspielten sich, zogen sich in ihm zusammen, entluden sich in noch weiteren absurden Äußerungen, schufen sich gegenseitig in dieser neuen Welt. Thomas wurde Teil dieses Wirbels aus Hoffnung und Zynik, den er vermeintlich überblickte. Der Stolz auf seine kleinen Provokationen wuchs mit jedem neuen Spruch, der dieser modernen Widersprüchlichkeit Ausdruck gab. Ein Unsinn, den es ohne all die lächerlichen Reaktionen auf seine Posts niemals gegeben hätte. Er hatte sich vorgenommen, all dies zu löschen, und zögerte es immer weiter hinaus. Seine Profile waren inzwischen eine ausgeklügelte Behauptung zu seiner Herkunft, sexuellen Neigungen und zugespitzten Überzeugungen geworden. Eine so schöne Lüge. Ein kleines Kunstwerk für sich, das er nicht mehr einfach ad acta legen konnte, ohne sich damit selbst etwas zu nehmen. Zumindest nicht, ohne die Ent-Täuschung seiner Anhänger ausgiebig zu genießen, redete er sich weiter ein. Und so ergänzte er seine kleine Sammlung unrealistischer Träume mit weiteren Aphorismen und Fantastereien, die er als vermeintliches Mitglied einer Minderheit im Namen aller in den Äther schickte. Er war zu gut darin. Man glaubte ihm, weil man ihn als dieses missionarisch avantgardistische Wunder einfach wahrhaben wollte. Er war ihr Erlöser, der nicht mehr für sie sterben wollte, sondern selbstbewusst lebte und weiter furchtlos für sie schrieb. Wieder und wieder zögerte er die Löschung hinaus, kündigte sie sogar offiziell an, erfuhr nur Respekt und erhielt Komplimente für seinen Mut, am Ende doch zu bleiben. Und dann war da dieser Kommentar, der sein Leben für immer verändern sollte:

„Wäre mein Mann nur halb so aufgeschlossen wie Du, ich würde ihn glatt ein zweites Mal heiraten."

Als er ihr eröffnete, dass er der Mann auf der anderen Seite dieses Tweets sei, war dies wie ein krudes Coming-out. Sie starrte ihn tagelang an, so wie er dieses Profilbild mit der ihm so bekannten Hundeschnauze tagelang angestarrt hatte. Für Katharina war es, als würde sie fremdgehen und ihren Mann neu kennenlernen. Es war verstörend und aufregend zugleich. Im Nachhinein lachten sie noch häufig über diese komische Episode Ihrer Beziehung. Ihre zweite Heirat war immer mal wieder Thema, wenn sie scherzten. Ihr Blick wiederholte dabei diese Fremdheit, die sie damals empfunden hatte und die sich schließlich leidenschaftlich entlud. Auch Thomas Erschütterung hielt noch lange an. Die Fiktion griff nach seinem Leben und er ließ es zu. Was hätte er auch anderes tun können. Er gab sich trotz aller Widersprüche keine Blöße, als habe er all das gewollt.

Jahre später schmunzelte er über diesen alten Ernst. Er dachte inzwischen häufiger darüber nach, welches Kompliment er anderen Menschen machen könnte. Der Vertriebler, der an jenem Sonntag seine Wertschätzung erhalten hatte, verließ das Unternehmen schon bald für ein paar Mark mehr bei der Konkurrenz. Thomas blieb, aber anders.

10- Eintreiber des Glücks

...es war ein Gefühl, als warte jede Liebe, die man je in eine Sache gesteckt, nun mit dem Inkasso vor der Tür, um fehlende Ratenzahlungen zu monieren. Eintreiber des Glücks. Sie forderten das emotionale Restmobiliar. Je nachdem wie viel Herzblut noch zu pfänden war.

Jeder einst geäußerte Optimismus entpuppte sich als ein Bumerang enttäuschter Zombies. Sie nahmen an, ich hätte damals meine Seele verpfändet, als ich von einer gemeinsamen Zukunft sprach und gegen jede Vernunft Ideen dafür in die Welt setzte. Unter diesen Herzens-fressern galt noch die alte Regel, dass man nur so viel Hoffnung an den Tag legen dürfe, wie man noch un-schuldige Gedanken in sich trage. Naive Gedanken, die man der hungrigen Horde zur Not zum Fraß vorwerfen könnte, um ihr ein weiteres Mal zu entfliehen.

Doch ich wollte nicht mehr fliehen. Ich wollte meine verbliebene Zuversicht nicht mehr für sie opfern. Ich vermisste bereits einige meiner schönsten Träume, die sie mir nicht mehr gönnten. Etwas pessimistisch lädiert schleppte ich mich eine Anhöhe hinauf, von der aus man mich weithin sehen konnte. Ich blickte ihnen entgegen. Sollten sie heute ihr Abendmahl von meinen hoffnungs-vollen Überresten reißen, wollte ich zumindest sehen, wer seine Axt noch selber führte oder wer als Untoter bereits auf die Opfer anderer angewiesen war, wer mit seinen bloßen Fingernägeln nach neuer Nahrung für seine verwesende Seele kratzte. Vielleicht rochen sie meine innere Ruhe als Affront über Meilen hinweg. Im besten Fall nahmen sie meinen furchtlosen Zustand als Leere wahr, suchten lieber das, was sich noch hektisch bewegte und im Unterholz vor Ihnen erschrak. Diese Nervosität würde ich ihnen nicht gönnen. Dies war ihr Überlebenskampf, nicht meiner.

Aus der Masse der sich Nähernden ragten zwei drei Köpfe hervor, die ich einst gut kannte, bei denen ich trotz der schleppenden Schritte mit dem Strom der Desolaten so etwas wie Kenntnis und Vertrauen mir gegenüber vermutete. Doch obwohl es ein schöner Tag war, lag Schwere auf ihren Gesichtern, ein zehrender Schmerz, eine tiefe Enttäuschung, die wenig Worte aber hier viele Protagonisten zu haben schien. Ihre Mundwinkel entglitten schon lange nicht mehr. Sie wirkten blutleerfahl und eingefallen.

Wer sollte all dies bloß wieder mit Liebe und Zuversicht füllen? Wer war so vermessen, dass er von Einzelnen ein solches Wunderwerk verlangte. Von Menschen, die man aus den eigenen Reihen rekrutierte und zur stellvertretenden Hoffnung erhob, um sie dann der Enttäuschung zu opfern.

Ich versuchte, so viele Blicke einzufangen wie möglich, bevor ich fiel. Es war mein gutes, wahrscheinlich letztes Recht, in das moralische Gleichgewicht jedes Menschen zu schauen, der sein verlorene Unschuld mit mir als sein Götzenbild reißen wollte. Sie waren mächtig durch das Ruhelose in ihren Mitmenschen, brauchten ihre Überlegenheit über das Überlegte, über das Gefasste, das Nichtwilde. Ich meinerseits hätte sie gerne in den Schlaf gewogen und ihnen die warme Decke über den wandelnden Kopf gezogen.

„Psst. Alles wird gut. Mama weiß es. Friss ein anderes Hirn, mein kleiner Zombie. Hier gibt es nur noch den Triumph über dich selbst zu erringen. Träume dich in die Katharsis mit deiner Wut, befriede dich im Schlaf. Ein fremdes Hirn zu reißen, bringt dein eigenes nicht zurück",

waren meine letzten Worte, bevor sie ihre Zähne unter Schluchzen in meine Brust gruben.

Ich verließ sie nicht, doch ihre Angst davor überwog.

11- **Masse und Maß**

...so viele fühlende Wesen, erfahrend, werdend, wissend. Was willst du noch sein unter diesen Menschen? Was maßt du dir an, über sie hinaus zu gehen und zu behaupten, mehr zu sein, als die Liebe eines jungen Mädchens und der Stolz eines alten Mannes? Als der Verve, der Ehrgeiz und die Findigkeit eines strebenden Menschen? Wofür braucht die Welt einen Denker, der nicht im Leben ist, sondern sich außerhalb von diesem weiter entfernen will und jener Dynamik grundsätzlich misstraut, die unsere Welt über viele Jahrtausende hinweg erschaffen hat? Brauchen wir mehr als den Trieb der Massen, eine Herde aus Egoisten und die Ästhetik erblühender, junger Körper in ihrem Größenwahn einer selbstgerechten Gleichgültigkeit? Was müssen wir schon wissen, über unsere Lust hinaus, über die Leidenschaft unserer Egos. Wofür benötigen wir die Zynik, wenn sie all das Leben in und um uns herum niemals bestätigen will, wenn sie uns Menschen nicht das Menschsein lässt? Und was feiern wir, wenn wir uns Urteile über unsere Mitmenschen erlauben, wenn wir sie als ernste Wesen erzwingen, wenn wir ihre Regungen, ihre Intuitionen aufgeben und uns damit von der Welt weiter entfremden, deren Spektakel wir aus unserer Distanz heraus betrachten möchten?

Helfen uns all diese kontaktlosen Schreiber und Lotsen wirklich weiter, jene, die kein Teil mehr des Werdens sind, das diese Welt täglich erschafft? Werden sie mit ihrem Blick von außen auf uns den Stolz eines jungen Mädchens und die Liebe eines alten Mannes begreifen? Werden wir weiser, wenn wir uns von jener Wirklichkeit entfernen, die unser gemeinsames Sein nunmal bestimmt? Wo sind bloß all die feiernden Philosophen hin, die Kyniker und Treiber eines machtlosen Seins? Wer übernimmt noch Verantwortung in den Randbezirken des bürgerlichen Selbstverständnisses, die durch ihre riesige Einwohnerzahl den pädagogischen Kontrollphantasien weiter trotzen und die Bigotterie einer wahrheitsverliebten Leitkultur spielerisch unterrumpeln? Welche Buchmesse, welche Podiumsdiskussion glaubt als nächstes, dass sie allgemeine kulturelle Relevanz entwickelt und in unserer Gesellschaft etwas verändern wird? Sind es nicht gerade jene Menschen, über die sich der Denker erhebt, die für ihn jene herzlich soziale Pflicht erfüllen, deren Fehlen der künstlich Abgehobene schließlich für seine eigene Erkenntnis und Forderung hält? Hinkt der Intellektuelle der Praxis nicht längst hinterher, hofft er nicht weiterhin auf seinen Coup in einem Milieu, das auf den normalen Menschen weiter herabschauen muss, um zu bleiben, was es ist?

12- **Eklektrizität**

...und aus dieser Reserve speiste sich ein Funke, zuckte über die Außenbahnen, flackerte dort auf, wo niemand gerade hinsah, sprang über unsichtbare Drähte in undeutbaren Mustern durch die Gedanken, verband das, was keinem Plan mehr folgte, keinem Milieu mehr zugehörte, keiner Beschreibung standhielt und verschwand. Doch blieb fortan als Leerstelle, als Phantomschmerz und nervöse Sehnsucht in allem, was er kurz berührte...

Nachwort

Liebe Leserin / Lieber Leser / Liebes Les,

Sollten Sie sich für die gedruckte Version dieses Bandes entschieden haben, so hat Ihre Bestellung zur Fertigung eines Buches geführt. Das muss ein tolles Gefühl sein. Diese Zeilen wurden im „On Demand"-Verfahren für Sie gedruckt und damit haben sie einen großen Anteil an der Existenz dieser Gedanken auf Papier. Dafür muss und möchte sich dieses Buch bedanken. Ich hoffe, der eine oder andere Text konnte die Gedanken angenehm reizen.

Als Autor freue ich mich zudem über den in Aussicht gestellten Lohn. Denn nach Abzug der Kosten für Buchhandel und Produktion verbleiben etwas mehr als ein Euro des Ladenpreises bei mir. Auch dies ist Ihr Verdienst.

Ich will Ihnen versichern: Dieses Trinkgeld ist gut angelegt. Sobald ich mir von den Einnahmen einen Kasten Wein leisten kann, stoße ich auf Sie an: Versprochen!

Bleiben Sie nicht Sie selbst: Werden Sie.

Felipe oGnzo

Pseudonymphen
Einhörner und Zuckerwatte
978-3-7519-3381-0

E-Book:
978-3-7519-8732-5

Die verbliebene Fähigkeit
mit der Welt zu flirten
978-3-7519-3384-1

E-Book:
978-3-7519-8728-8

Metal iteratur
über schreiben
978-3-7519-3423-7

E-Book:
978-3-7519-8729-5

Zeichenleim
mit Reim
978-3-7519-3429-9

E-Book:
978-3-7519-8730-1